AF463458

COMMISSION D'ACTION MORALE

La France sans Enfants

Charles GIDE

Professeur à l'Université de Paris

Chez M. Léon PEYRIC, 129, Rue Marcadet, Paris, 17e.

Chez M. John PERNOUX, à Beaucourt (Haut-Rhin).

LA FRANCE SANS ENFANTS (1)

La vie des individus est de si peu de durée relativement à la vie des peuples qu'il est rare qu'un homme puisse, durant le temps qu'il passe sur la terre, voir changer beaucoup les destinées de son pays. Cependant les hommes de ma génération auront ce rare et triste privilège d'avoir vu, au cours de leur existence, la France descendue du second, on pourrait même dire du premier rang, au cinquième ; et même, avant d'avoir atteint l'extrême vieillesse, ils la verront sûrement descendre au sixième rang. Et il ne s'agit pas ici d'appréciations plus ou moins discutables, de conjectures incertaines : voici les chiffres.

Mes premiers souvenirs d'enfance remontent à la guerre de Crimée, à cause des soldats de plomb, représentant les Français, les Anglais et les Russes, qu'on me donnait alors. C'était en 1855. A cette date la France avait 36 millions d'habitants, tandis que l'Autriche n'en avait que 31, l'Angleterre pas tout à fait 29. La Russie comptait, il est vrai, un nombre d'habitants presque double, 65 millions, néanmoins elle ne pouvait, comme richesse ni comme puissance militaire, rivaliser avec la France et la guerre de Crimée venait d'en fournir la preuve. Quant à l'Allemagne et à l'Italie elles n'existaient pas encore. Dans la fourmilière des petits Etats Allemands, la Prusse seule faisait figure de grande puissance, mais avec 25 millions d'habitants seulement. Et quant à l'Italie, simple expression géographique, comme on disait alors, elle ne comptait que 25 millions d'habitants, d'ailleurs en guerre séculaire entr'eux.

Or, voici avec quelle foudroyante rapidité les rangs se

(1) Pour ceux qui voudraient des renseignements plus complets que ceux que peut donner cette petite brochure, nous indiquerons :
Le petit journal mensuel *Pour la Vie*, publié par M. Paul Bureau, rue du Cherche-Midi, 83, Paris. (1 fr. 50 par an) ; — la brochure de M. Paul Bureau *La Restriction volontaire de la natalité et la Défense nationale* ; — celle de M. Gemahling *La décroissance de la natalité et l'avenir de la France*.

sont déplacés. Tout de suite après la guerre de 1870, l'Allemagne a pris l'avance avec 40 millions d'habitants unifiés, auxquels elle a ajouté 1 ½ million d'Alsaciens-Lorrains, et aujourd'hui elle en compte 66 millions. En 1890, ç'a été l'Autriche-Hongrie qui, à son tour, a dépassé la France et aujourd'hui a 51 millions d'habitants. En 1900, c'est au tour de l'Angleterre, qui aujourd'hui en compte 46. Quant à la Russie, elle a continué sa marche de géant : elle compte non plus le double mais presque le quadruple de la population française, 140 millions d'habitants rien que pour la Russie d'Europe, et 157 avec la Russie d'Asie, qui est d'un seul tenant (1).

Quant à l'Italie elle ne nous a pas encore atteint, mais nous serre de près avec ses 35 millions d'habitants. D'ici à 20 ans, à 15 ans peut-être, elle nous aura dépassés à son tour, ce qui nous mettra bien au 6ᵉ rang, comme je le disais.

Et je n'ai parlé que de l'Europe ! Si nous faisons entrer en ligne, comme d'ailleurs ils ne manquent pas de s'y mettre eux-mêmes par leur politique mondiale, les Etats-Unis, avec leur 95 millions d'habitants, le Japon avec plus de 60 millions (y compris la Corée), sans même parler de la Chine avec ses 3 ou 400 millions d'hommes, ce n'est plus au 6ᵉ mais au 8ᵉ rang que la France se trouve descendue.

Or, pourquoi la France se laisse-t-elle successivement dépasser et distancer par tous les pays ? Nul n'en ignore la cause et nul ne la conteste : c'est uniquement sa ferme résolution de réduire au minimum le nombre de ses enfants et la persévérance avec laquelle elle apprend et applique les moyens propres à cette fin. Est-il besoin de répéter des chiffres cent fois redits ? le nombre des naissances tombé de près de 1 million en 1860 à 750.000 actuellement, et dépassant à peine le nombre des morts (certaines années tombant au-dessous) ?

Mais ces chiffres sont encore plus impressionnants lorsqu'au lieu d'embrasser tout le pays, ils sont localisés. J'ai cité souvent l'exemple de la Normandie, une des plus belles et des

(1)

	1855	1914	Accroissement.
	—	—	—
Russie	66	150	127 %
France	36	39.6	10 %
Allemagne	36	66	83 %
Autriche	31	50	61 %
Italie	25	35	55 %
Etats-Unis	28	95	340 ~~40~~ %

plus riches provinces de France, celle précisément qui déversait autrefois le trop plein de sa population au-delà des mers et envoyait des émigrants conquérir l'Angleterre, la Sicile, l'Albanie, la Palestine... Aujourd'hui elle perd tous les 20 ans l'équivalent d'un département, et comme elle ne comprend que cinq départements, un siècle suffirait pour que ses gras pâturages fûssent vides de Français — je dis de Français, car assurément d'autres viendront les occuper et ce serait bien dommage qu'il en fut autrement. Les Allemands exploitent les mines de fer autour de Caen, et pour la première fois hier une avant-garde d'ouvriers chinois est venu débarquer là d'où était parti Guillaume le Conquérant (1).

Mais malgré ces statistiques, malgré les cris d'alarme qui commencent à se faire entendre ici et là, il faut reconnaître que l'opinion publique ne s'est pas émue. Elle ne prend pas ces chiffres au tragique et il vaut la peine d'en chercher la raison. C'est évidemment parce qu'on ne croit pas que l'infériorité de la population implique nécessairement une infériorité dans la puissance économique, ni même dans la puissance militaire, ni même encore dans le rayonnement intellectuel.

Mais ce sont là, à notre avis, de dangereuses erreurs contre lesquelles nous voudrions mettre en garde nos lecteurs.

I. — *L'avenir militaire et politique.*

Au point de vue militaire tout d'abord, l'infériorité résultant de la stagnation de la population est tellement évidente qu'il

(1) Voici les chiffres :

	1801	1901	
Calvados	481.000	396.000	— 85.000
Eure	399.000	324.000	— 75.000
Orne	423.000	307.000	— 116.000
Manche	591.000	476.000	— 115.000
Seine-Inférieure	790.000	877.000	+ 87.000
Normandie	2.684.000	2.380.000	— 304.000

La Normandie a donc perdu au cours de ces 50 années plus de 300.000 habitants, c'est-à-dire une population égale à celle de tout le département de l'Orne. La Seine-Inférieure est le seul département dont la population ait augmenté grâce à l'attraction de ces deux grandes villes, Rouen et Le Hâvre. — Mais si la Seine-Inférieure avait suivi les quatre autres départements, la diminution aurait été non pas de 300.000 mais de 500.000 âmes.

ne vaut guère la peine, semble-t-il, d'y insister. Pourtant elle est loin de paraître telle à tout le monde. Il est même bien remarquable que dans la récente discussion sur le service de trois ans, la seule et véritable cause de cette aggravation de charges, à savoir la diminution de notre natalité, a été volontiers laissée dans l'ombre par les orateurs. On a préféré récriminer contre les armements de l'Allemagne plutôt que contre notre malthusianisme. Et pourtant si l'Allemagne accroît ses effectifs militaires, ce n'est qu'en suivant l'accroissement de sa population, en sorte qu'à cette heure elle compte sous les drapeaux un chiffre d'homme *moindre que le nôtre* relativement à sa population (environ 13 pour 1000 habitants tandis qu'en France c'est près de 20 p. 1000). Aussi l'Allemagne prétend-elle que c'est nous qui armons à outrance. Et tel est en effet le danger pour un pays d'être inférieur en population : c'est non seulement que cette infériorité l'oblige, s'il veut maintenir son égalité militaire, à un effort disproportionné à ses forces, mais que cet effort le rend suspect d'intentions aggressives. Et si jamais se réalisait l'entente pour un désarmement international, la fixation des effectifs militaires pour chaque nation ne pourrait se faire que sur la base de sa population.

D'autre part, si la France se résigne à n'avoir qu'une armée proportionnelle à sa population, comme le font d'ailleurs les autres pays, il lui sera difficile d'éviter la défaite au jour d'une guerre — à moins qu'elle ne réussisse à rétablir l'équilibre des forces par des alliances, mais il ne faut pas se dissimuler que moins son armée sera forte et moins solides seront les alliances, car les seuls alliés sur lesquels on puisse compter ce sont ceux qui auront besoin de nous et non point ceux dont nous aurons besoin. Le nombre des naissances étant actuellement en Allemagne beaucoup plus du double des naissances en France (1.900.000 contre 750.000) il est certain, d'une certitude arithmétique, que dans vingt ans l'Allemagne aura 5 conscrits contre 2 en France. Et même le service de 3 ans en France, s'il dure encore à cette époque, nous laissera dans une infériorité numérique de près de moitié (5 contre 2). Et quant on entend les chauvins dire que peu importe, parce qu'un soldat français vaut deux soldats allemands, il n'y a qu'à hausser les épaules ! Aujourd'hui, avec les armements modernes, tous les soldats se valent à peu près, ou du moins valent ce que valent leurs armes et leur organisation.

Soit ! disent les pacifistes, nous nous résignerons tôt ou tard à n'avoir qu'une armée proportionnée à notre population et le plus tôt que nous en comprendrons la nécessité sera le mieux. Nous n'en serons pas réduits pour cela à renoncer à notre existence nationale et à notre indépendance. Si fragile que soit encore le droit des gens, il n'est pourtant pas si barbare qu'un pays soit condamné à disparaître par ce seul fait qu'il n'aura pas une armée aussi nombreuse que son voisin, et la preuve c'est que tout de même il reste encore des petits Etats sur la carte du globe. Il y en a toujours eu. Et même plusieurs parmi eux, sans même parler de la Grèce ou de la République de Venise qui ne sont plus, après avoir éclairé le monde — tiennent une place honorable entre les nations et leurs citoyens sont aussi fiers et peut-être plus heureux que ceux des grands pays.

Oui, mais des petits pays qui ont rayonné dans le passé, la Grèce et Venise, que reste-il ? Des monuments et une trace lumineuse. Et quant à ceux qui subsistent encore, ils sont, ou déjà mutilés comme le Danemark, ou tout au moins menacés, et ne doivent de prolonger leur existence qu'aux antagonismes des grandes puissances arc-boutés autour d'eux et faisant une voûte de baïonnettes au-dessus de leurs têtes. En tout cas, ils ne prennent aucune part à la direction de la politique du monde. Reste à savoir si la France, qui a si longtemps fait de l'histoire, se résignera à voir l'histoire se faire sans elle, si ce peuple qui a été le champion de tant de causes, les unes héroïques, les autres folles, et dont la voix encore aujourd'hui éveille tant d'échos, saura jouer un rôle muet et se faire tolérer par son silence.

Et puis, autre chose est d'être un petit pays, autre chose est d'être un pays qui diminue ! Il peut être honorable d'avoir été et de rester petit : il est humiliant de se rapetisser. Un pays comme la France, par son magnifique domaine, tant colonial que métropolitain, est une trop riche proie, et par mille ans de guerre elle a froissé trop d'intérêts, suscité trop d'envie, pour pouvoir espérer bénéficier de la protection indulgente et de la neutralité accordée à une Belgique ou à une Hollande. Voulût-elle même se réduire à une humble condition, on ne lui en laissera pas le choix, ou du moins on ne le lui permettra qu'après avoir ramené son territoire, et surtout son empire colonial, à des proportions en rapport avec le chiffre de sa population.

La question de la population est donc avant tout celle de savoir si l'on veut que la France dure dans son intégrité, ou si l'on se résigne à ce quelle vive seulement dans les conditions subordonnées qu'elle devra accepter ?

II. — *L'avenir Economique.*

Mais ce n'est pas seulement de l'avenir politique qu'il s'agit : c'est aussi de l'avenir économique. Nous estimons que l'arrêt de la natalité entraînera un arrêt dans le développement industriel et dans l'accroissement de la richesse, — lequel au reste se manifeste déjà.

J'avoue qu'ici le péril parait moins évident qu'au point de vue militaire, et même il est permis de croire à première vue que plus on réduit les naissances et plus facilement on peut accroître la richesse, puisque chaque enfant de moins représente une grosse dépense de moins et par conséquent la faculté de transformer en capital par l'épargne tout l'argent que son éducation aurait coûté. Il semble bien que si la France a des capitaux disponibles à profusion, qui lui permettent de jouer le rôle de banquier du monde, elle le doit précisément à sa très faible natalité. Si l'élevage de chaque enfant jusqu'à l'âge d'homme est évalué à 6.000 frs. (ce qui ne représente que 300 francs par an), le million d'enfants que la France supprime annuellement doit représenter une économie de 6 milliards ! Pas étonnant qu'elle ait des capitaux de reste — pour prêter aux pays qui, eux, ont trop d'enfants !

Telle est l'apparence : mais nous la croyons trompeuse. Et nous en trouvons d'abord la preuve dans le fait que l'épargne et la richesse augmentent en Allemagne beaucoup plus rapidement qu'en France. Le fait, longtemps nié, est aujourd'hui indiscuté, même par les statisticiens français. Tandis qu'il y a 30 ans l'Allemagne était considérée généralement, et se considérait elle-même, comme un pays pauvre, bien plus pauvre que la France, aujourd'hui la somme des fortunes en Allemagne est évaluée à 400 milliards, tandis que celles de la France ne dépassent pas 250 ou peut-être 280 milliards. Le commerce extérieur de l'Allemagne s'est élevé de 7 milliards de francs (en 1880), à près de 25 milliards de francs (en 1913), tandis que celui de la France, aux deux mêmes dates, a passé seulement de 8 ½ milliards à un peu plus de 15 milliards, c'est-à-dire que le commerce de l'Allemagne depuis huit ans a plus que triplé tandis que celui de la France a moins que doublé. Les dépôts dans les Caisses d'Epargne dépassent en Allemagne 20 milliards, tandis qu'ils n'atteignent pas 6 milliards en France : il est vrai que la comparaison n'est pas tout à fait probante, les conditions de l'épargne se trouvant différentes dans les deux pays ; néanmoins ces chiffres suffisent à montrer que la capacité d'épargne n'est pas un privilège réservé à la France et que la prolifique Allemagne sait très bien la pratiquer. Et une autre preuve que la fécondité de l'Allemagne ne l'appauvrit pas, c'est que le chiffre de son émigration, qui avait dépassé 200.000 autrefois, est tombé à 20.000 environ : ainsi donc quoique ses enfants soient plus nombreux ils trouvent à se nourrir dans la mère-patrie, non point plus difficilement, mais plus facilement que par le passé.

Un dernier chiffre, qui mettra encore mieux en lumière le ralentissement de l'accroissement de la richesse en France, c'est celui de l'annuité successorale, comme on l'appelle, c'est-à-dire la somme des successions transmises dans l'année. Depuis 20 ans il est à peu près stationnaire, oscillant autour du chiffre de 6 ½ milliards. Je veux bien que la crainte du fisc, et les évasions de plus en plus nombreuses de capitaux qui en sont les conséquences, explique en partie cet arrêt et qu'en réalité l'accroissement ait continué mais occulte : néanmoins — et quelle que soit la part que l'on attribue à la fraude, mettons même 1 ½ ou 2 milliards — l'accroissement de la richesse paraîtra bien faible comparé à celui des autres pays.

Ainsi donc ce conflit que l'on a cru voir entre l'accroissement de la population et l'accroissement de la richesse et qui ne laisserait à un pays d'autre alternative que de réduire l'une *ou* l'autre — n'est qu'une illusion et entre ces deux mouvements il y a non pas conflit mais solidarité. Comment l'expliquer ? Par cette considération bien simple que si l'enfant coûte, cet enfant devenu homme produit, et même, à moins de disgrâce exceptionnelle, produit beaucoup plus qu'il n'a coûté. Si l'élevage d'un enfant est donc une dépense improductive pour les parents parce qu'ils n'en recueillent jamais le fruit et parce que les enfants n'ont pas coutume de rembourser à leurs parents ce qu'ils leur ont coûté, il constitue au contraire un placement très rémunérateur pour le pays, beaucoup plus rémunérateur que le placement des capitaux français en Turquie ou au Mexique. Comment donc, l'élevage d'un veau ou d'un poulain serait une source de richesse et non celui d'un homme ?

L'Economie Politique n'a-t-elle pas toujours enseigné qu'il y avait trois facteurs de la production, le Travail (c'est-à-dire l'homme), la Terre et le Capital, et que de ces trois c'est le premier qui est de beaucoup le plus grand ? Et même lorsqu'elle démontre, comme elle le fait dans ses théories les plus récentes, que toute valeur en fin de compte a pour fondement et pour mesure le désir, par là aussi ne fait-elle pas de l'homme le seul créateur de la valeur ?

D'ailleurs pour que dans un pays la division du travail et le commerce puissent se développer il faut une certaine densité de la population, de même que pour que la flamme jaillisse et s'entretienne dans un foyer il faut rapprocher les tisons — séparez-les, le feu tombe. Je ne prétends point pousser cette thèse à l'absurde ; je ne nierais même point qu'au delà d'une certaine limite cette densité ne puisse devenir un danger et même engendrer la misère, comme le pensait Malthus : je crois seulement qu'il y a un degré de densité *optima*, variable d'ailleurs pour chaque pays selon l'état de ses ressources et selon le degré de son évolution économique, et qui est le plus favorable à l'activité industrielle. Or, la France est très éloignée de ce point optimum, car la densité de sa population n'est que de 73 habitants au kilomètre carré, tandis qu'elle est de 120 en Allemagne, de 160 en Angleterre, de 250 en Belgique — et même de 80 en Suisse et de 120 en Italie, pays dont la terre est autrement moins généreuse que celle de France.

N'est-il pas d'ailleurs évident que le mouvement des affaires, la rapidité de circulation de la monnaie et des capitaux, le trafic des chemins de fer, l'abondance des débouchés, la valeur de la terre et de ses produits, sont en raison directe du nombre d'hommes qui vivent sur une superficie donnée ?

J'ai souvent cité le fait suivant qui me paraît d'une clarté aveuglante. Voilà les viticulteurs de France qui, durant neuf ans, ont souffert d'une crise de mévente — le vin ne se vendant pas ou se vendant à vil prix — et qui ont perdu chaque année des centaines de millions et, comme capital, par suite de la moins-value des terres, des milliards. Eh bien ! supposez que la France eût le même accroissement de population que l'Allemagne, c'est-à-dire 26 millions d'habitants de plus, et qu'on me dise si, en ce cas, la crise viticole se serait produite? Imaginez le débouché que ces 26 millions d'habitants de plus auraient ouvert à la viticulture ! En supposant la même consommation moyenne pour ces Français, hélas ! fictifs, que pour les Français réels, environ 1 ½ hectolitre par tête, ils eussent demandé 39 millions d'hectolitres de plus ! Et au lieu de ce magnifique marché de 26 millions de Français nouveaux, nous en sommes réduits à chercher péniblement en Suisse, en Allemagne, en Belgique, quelques milliers de clients qui, en tout, n'arrivent à consommer guère plus de 2 millions d'hectolitres !

N'est-il pas évident aussi que les ressources financières d'un Etat sont en raison du nombre de ses habitants ? Voici, par exemple, la France dont le budget depuis cinquante ans a passé de 2 milliards à plus de 4 milliards, donc a plus que doublé — et qui devra être porté demain à plus de 5 milliards pour parer aux nécessités de l'heure présente. Or, comme dans ce même laps de temps la population n'a augmenté que de 10 p. % environ (de 36 millions à 39.600.000), il en résulte que la part des dépenses publiques par tête d'habitant s'est énormément accrue, passant de 60 fr. à 100 fr. et demain à plus de 130 fr.

Or, supposez que la population de la France eut suivi la même progression que celle de l'Allemagne : elle compterait aujourd'hui 66 millions de têtes, et la part des dépenses publiques ne représenterait que 65 fr., et même après les majorations d'impôts de demain, 80 fr. L'accroissement de charge serait bien léger. Au reste, est-il nécessaire de recourir à des chiffres pour démontrer que tout fardeau est d'autant plus léger qu'on est plus nombreux à le porter ?

Je sais bien que les parents vont dire : Nous avons déjà tant de peine à trouver des places pour nos fils et des maris pour nos filles, que serait-ce le jour où il y en aurait le double ! Mais il faut leur répondre : En ce qui concerne vos filles, s'il y en avait deux fois plus, il y aurait aussi deux fois plus de jeunes gens, et par conséquent chacune d'elles aurait autant de chance de se marier qu'aujourd'hui — avec l'avantage d'avoir un peu plus de choix ! — Et pour vos fils il en serait exactement de même : s'il y a plus d'hommes il faudra plus de médecins, plus d'avocats, plus de professeurs, plus de chauffeurs, plus de cordonniers, plus d'employés, plus de tout. La demande d'hommes augmente exactement dans la même proportion que l'offre d'hommes, par la raison que chaque homme demande autant de services qu'il en rend.

J'en dirai autant pour les ouvriers : je ne crois pas que les socialistes leur donnent un bon conseil quand ils leur enseignent que la restriction du nombre de leurs enfants aura pour effet d'élever les salaires et de diminuer le chômage. Ce qui fait la force de la classe ouvrière — non seulement au point de vue électoral mais dans l'ordre économique — c'est le nombre : en s'appliquant à réduire ce nombre elle diminuera proportionnellement sa puissance. Dût-elle même obtenir à ce prix un accroissement de bien-être, ce serait payer trop cher sa diminution de pouvoir en tant que classe. Et d'ailleurs elle n'aura même pas cette compensation, car les enfants qu'elle supprimera seront remplacés par ceux des Belges, des Italiens, des Polonais ou même des Chinois, qui viendront prendre la place vide et leur feront une concurrence bien plus redoutable que celle qu'aurait pu faire des Français.

Et si même on suppose, ce que je considère comme irréalisable, qu'on réussît à tenir à distance l'émigration étrangère, en ce cas, la raréfaction de la main d'œuvre aurait pour résultat le ralentissement de l'activité industrielle, la fermeture de nombreuses usines, l'accroissement de l'importation de produits étrangers, tous effets dont la répercussion sur la population ouvrière seraient bien plus fâcheux que ne le serait l'accroissement normal de la population.

Sans doute, l'ouvrier qui limite le nombre de ses enfants parce qu'il n'a pas de quoi nourrir et loger suffisamment ceux qu'il a déjà, est plus excusable que le bourgeois qui supprime les cadets à seule fin de mieux doter l'aîné — et ce n'est pas nous qui aurons le courage de le lui reprocher.

Mais ceux qui sans cesse s'appliquent à réveiller en lui, comme ils disent , la conscience de classe, devraient comprendre et lui faire comprendre qu'en épargnant sur sa postérité il se met à l'école des bourgeois et que par là il sacrifie précisément l'intérêt de sa classe à ses intérêts personnels.

§ 3. — *L'Avenir intellectuel.*

Peut-être y aura-t-il des Français pour se consoler encore de cette perspective d'une déchéance économique en se disant: Soit ! mais du moins la France conservera sa suprématie intellectuelle et artistique : ceci du moins n'est plus une question de nombre.

Je suis navré d'avoir à déloger ces optimistes de ce dernier retranchement, mais je suis obligé de dire que l'hégémonie intellectuelle est aussi une question de nombre. Elle ne peut guère s'exercer en effet que sur ceux qui parlent ou qui du moins lisent le français — et si ceux-là ne représentent dans l'ensemble de l'humanité qu'une fraction de plus en plus réduite, le cercle lumineux de notre civilisation se restreindra d'autant. Actuellement, c'est tout au plus s'il y a dans le monde cinquante millions d'hommes parlant le Français (même en comptant la Suisse romande, les Belges wallons, les Canadiens français, et quelques colons çà et là), contre plus de 100 millions parlant allemand, plus de 150 millions parlant anglais et autant russe. La langue Espagnole elle-même, langue mère non seulement pour l'Espagne, mais pour quelques Etats de l'Amérique du Sud, est parlée déjà par plus d'hommes que la Française, soixante millions environ.

Et si le présent est déjà attristant, que dire de l'avenir ! Dans un siècle, le livre Anglais, le Russe ou l'Espagnol, compteront chacun des centaines de millions de lecteurs, tandis que le livre français n'en comptera guère plus qu'aujourd'hui, à moins que notre langue n'ait su s'imposer à nos sujets noirs ou jaunes des colonies. Et d'ailleurs, même en ce cas, sera-t-elle encore la langue de Racine et de Voltaire ? Sans doute, nous sommes en droit de croire qu'aussi longtemps qu'il y aura des hommes sur la terre une belle place sera réservée à la littérature française dans les bibliothèques publiques et privées — mais quoi ! la pensée de se survivre dans ses livres a-t-elle jamais suffi à l'homme le plus illustre pour le consoler à l'heure de la mort — et suffira-t-il à nous, enfants de France, de savoir que la France vivra toujours dans la mémoire des hommes ou tout au moins dans celle des savants ?

§ 4. — *Les fausses raisons de se rassurer*

Mais, dira-t-on, toutes ces infériorités dont nous venons de faire la triste revue — militaires, politiques, économiques, intellectuelles — ne sont après tout que relatives, c'est-à-dire par comparaison avec les autres peuples. C'est seulement au point de vue patriotique, national, que la limitation du nombre des naissances apparaît comme un mal, ou, plus exactement, comme un péril. Mais, supposons que les autres pays fassent comme nous, alors le danger s'évanouit et toute notre argumentation tombe ? Or, tel est précisément le cas. Tous les pays nous suivent dans la voie où nous n'avons fait que les devancer. En Angleterre, en Allemagne, au cours de ces dernières années, le taux de la natalité a baissé si rapidement qu'il est très probable que d'ici à une génération il sera tombé au niveau du nôtre. La preuve, c'est que le même émoi patriotique s'éveille aussi dans ces pays. Il en est de même dans tous les pays d'Europe, aux Etats-Unis et jusqu'en Australie où une Commission a été récemment nommée, tout comme chez nous, pour s'occuper de la dépopulation, — et avec le même insuccès.

Nous sommes donc en présence d'un mouvement absolument général et par conséquent nous devons nous élever au-dessus des préoccupations de circonstance et temporaires pour envisager le problème dans sa généralité, pour tout le genre humain. Mais alors, la restriction de la procréation nous apparaîtra-t-elle encore comme un mal ?

A ceci nous répondrons d'abord que le péril national que nous avons signalé n'est pas conjuré par le fait que les autres pays suivent notre exemple. Le taux de la natalité baisse en effet dans les autres pays, mais comme le taux de la mortalité y baisse plus rapidement encore, somme toute, l'excédent des naissances, qui règle l'accroissement de la population, n'a guère diminué et même en Allemagne a augmenté. Mais, même en admettant, comme je le crois, que la population des autres pays arrive dans une trentaine d'années à l'état stationnaire, comme le nôtre, il est absurde d'en conclure que l'équilibre se trouvera rétabli, puisqu'à ce point d'arrêt l'Allemagne comptera 80 à 90 millions d'habitants, donc plus du double de la France, l'Angleterre 50 à 60, l'Italie elle-même

45 à 50..., et qu'ainsi les inégalités, au lieu d'être effacées, se trouveront définitivement consolidées.

D'autre part, si les peuples de race blanche et de civilisation chrétienne paraissent tous suivre le mouvement malthusien, rien n'indique jusqu'à présent que les autres races, jaune et noire, ou même que les populations musulmanes, en fassent autant. Il est donc très possible que la restriction de la natalité ait tout simplement pour résultat de faire perdre à la race blanche et à la civilisation chrétienne l'hégémonie qu'elle a exercé jusqu'à présent sur le monde et de les submerger sous les flots d'un déluge de peuples que peut-être il n'y aura plus lieu de qualifier de barbares, mais qui néanmoins changeront l'axe de la civilisation.

En admettant donc que nous fassions abstraction, comme on nous y invite, de l'avenir de notre pays, faudra-t-il se désintéresser aussi de l'avenir de notre race, de notre religion, de la civilisation dans laquelle nous avons vécu et que nous espérions transmettre à nos fils ? Sont-ce là des contingences que nous ayions le droit de dédaigner ?

Encore si ce recul tenait à quelque fatalité inéluctable, il faudrait bien s'y résigner. Mais on sait bien que la stérilité des peuples civilisés, à commencer par la France, est purement volontaire : elle ne tient à aucune cause physiologique ou pathologique, et c'est pure figure de rhétorique de dire que la France est une nation vieillie. Les nations se rajeunissent incessamment par le renouvellement des générations, comme la forêt. Seulement pour les peuples, à la différence de la forêt, c'est un acte de volonté, disons même un acte de foi, qui les perpétue. L'avenir appartiendra aux peuples chez qui la volonté de vivre et de durer sera la plus forte, et c'est pourquoi nous croyons peu aux innombrables remèdes législatifs ou fiscaux qui sont proposés chaque jour.

Voyez le peuple juif ! En voilà un qui, si la vieillesse était une cause de stérilité, aurait été en âge de s'en ressentir ! En voilà un qui, dispersé à tous les vents, foulé aux pieds par tous les peuples, sans espoir de se refaire une patrie, aurait eu mille raisons pour ne pas vouloir perpétuer une race proscrite. Mais tout au contraire, il est resté obstinément fidèle au vieux commandement de l'Exode : « Il n'y aura point en ton pays de femme qui avorte ni de femme stérile : ainsi je remplirai le nombre de tes jours ».

Ne cherchons donc pas à nous duper par de lâches prétextes. Si la France veut vivre, elle vivra ; si elle n'a point la force de le vouloir, alors elle se retranchera du nombre des grandes nations et, en le faisant, elle se jugera elle-même, car elle prouvera par là qu'elle n'était point aussi indispensable à la vie générale de l'humanité qu'elle le croyait, et que le croyaient tous ceux qui l'ont passionnément aimée.

§ 5. — *Conclusions*

Quant à formuler ici des conclusions pratiques, sous forme de remèdes ou de conseils, nous nous en abstiendrons.

En fait de remèdes, ce n'est pas le nombre qui manque : — dégrèvement d'impôts pour les familles nombreuses, ou inversement majoration d'impôts sur les célibataires ; — atténuation ou aggravation du service militaire ; — extension ou réduction du droit de vote ; — voire même primes et subventions pour les naissances au-delà de deux ou trois enfants ; — répression de la propagande anti-conceptionelle et de l'avortement, etc., etc. — et, dans la situation désespérée où nous sommes, il ne faut en dédaigner aucun (1). Mais le seul remède vraiment efficace serait celui qui agirait sur les volontés et qui les déterminerait à sacrifier les intérêts individuels à l'intérêt général : il est donc d'ordre moral.

Nous avons essayé de montrer quel était le devoir présent et pressant : c'est à chacun à chercher, en son âme et conscience, les moyens de l'accomplir. Nous avons essayé de montrer que la restriction dans la transmission de la vie est plus qu'une faute : un crime contre la race — et il est à remarquer que toutes les religions, catholique, protestante, israélite, musulmane, sont unanimes sur ce point. Mais ce n'est point à dire inversement que la procréation illimitée et abandonnée à la fureur

(1) Il est d'ailleurs à craindre que ces remèdes législatifs ne puissent jamais être appliqués par la raison bien simple que les lois sont faites par la majorité des célibataires ou ménages sans enfants, et *pour elle*. C'est ainsi que dans ces dernières années où les Chambres ont voté des centaines de millions d'augmentation de traitement pour les petits fonctionnaires (hier, encore, à la veille des élections, 50 millions pour les employés des Postes) nous avons vainement demandé qu'ils fussent réservés aux fonctionnaires chargés de famille. Mais précisément parce que ceux-là sont en petit nombre, ils pèsent peu dans la balance électorale. En sorte que moins il y a d'enfants et plus on s'en désintéresse. On tourne dans un cercle vicieux.

d'un instinct aveugle soit un devoir. Tous les instincts doivent être réglés, et l'instinct sexuel plus que tout autre. Seulement, la loi qui doit le gouverner ce doit être non la préoccupation individuelle de s'éviter une responsabilité, de faciliter une épargne ou de ne pas compromettre ses aises, mais ce doit être l'intérêt de la femme, de l'enfant lui-même, de la famille, et, dans des cercles de plus en plus élargis, du groupe social, national, religieux, ou ethnique, auquel nous appartenons et que nous voulons voir se perpétuer.

Montbéliard. — Sté An^me d'Imprimerie Montbéliardaise.

RECENTES PUBLICATIONS

DE LA

COMMISSION D'ACTION MORALE ET SOCIALE

DU PROTESTANTISME FRANÇAIS

Les ouvriers sans travail. Etudes et Enquêtes, in-8°, 276 p. — Société d'édition de Toulouse.

Deuxième Congrès de Diaconats, in 8°, 150 p — La Laborieuse, Nîmes.

Les calomnies antiprotestantes, t. I, *Calvin*, in-12, 204 p., par E. Doumergue. Bureaux de « Foi et Vie », 48, rue de Lille, Paris.

Les Semaines Sociales, par Ch. de Boeck, in-8°, 8 p. — Alençon, imprimerie A. Coueslant.

Devons-nous et pouvons-nous avoir en France des Eglises-Institutions, par L. Maury, in-16, 24 pages. — Alençon, imprimerie A. Coueslant.

Aux peuples dits chrétiens. Appel en faveur de la paix. — Chez M. Léon Peyric, 129, rue Marcadet, Paris.

La Commission d'Action. Ce qu'elle est, ce qu'elle fait, par L. Maury. — Imprimerie Coopérative, Montauban.

Ni clérical ni athée, par E. Loumeau, in-8, 16 pages. — Chez M. le pasteur Pernoux, à Beaucourt (Haut-Rhin).

La valeur de l'individu dans la démocratie, par P. Ebersolt, in-8, 16 p. — Chez M. le pasteur Pernoux, à Beaucourt (Haut-Rhin).

Faut-il se passer de religion ? par P. Durand-Gasselin, in 8°, 20 pages. — Publications religieuses, 10, rue des Flottes, Nîmes.

La Conduite à tenir par la Commission d'Action vis-à-vis des différentes œuvres morales et sociales, O. Prunier. — Chez M. le pasteur Peyric, 129, rue Marcadet, Paris.

La Société des Hommes de l'Eglise Anglicane, H. Bach. — Chez M. le pasteur Peyric, 129, rue Marcadet, Paris.

Ce que la France doit au Protestantisme, E. Lhoumeau. — Chez M. Peyric, 129, rue Marcadet, Paris et chez M. John Pernoux, Beaucourt (Haut Rhin)

Le problème de Christ A. Quiévreux. — Chez M. Peyric, 129, rue Marcadet, Paris et chez M. John Pernoux, à Beaucourt (Haut-Rhin).

La Foi et la Science, H. Ramette. — Chez M. Peyric, 129, rue Marcadet, Paris et chez M. John Pernoux, à Beaucourt (Ht-Rhin).

Montbéliard. — Sté Ane d'Imprimerie Montbéliardaise.

www.ingramcontent.com/pod-product-compliance
Ingram Content Group UK Ltd.
Pitfield, Milton Keynes, MK11 3LW, UK
UKHW012312240726
13966UKWH00005B/1831